Miguel de Cervantes Saavedra

La señora
Cornelia

Barcelona **2024**
Linkgua-ediciones.com

Créditos

Título original: Novela de la señora Cornelia.

© 2024, Red ediciones S.L.

e-mail: info@Linkgua-ediciones.com

Diseño de cubierta: Michel Mallard.

ISBN rústica: 978-84-9816-378-0.
ISBN ebook: 978-84-9953-257-8.

Sumario

Brevísima presentación

La vida

Miguel de Cervantes Saavedra (Alcalá de Henares, 1547-Madrid, 1616). España.

Era hijo de un cirujano, Rodrigo Cervantes, y de Leonor de Cortina. Se sabe muy poco de su infancia y adolescencia. Aunque se ha confirmado que era el cuarto entre siete hermanos. Las primeras noticias que se tienen de Cervantes son de su etapa de estudiante, en Madrid.

A los veintidós años se fue a Italia, para acompañar al cardenal Acquaviva. En 1571 participó en la batalla de Lepanto, donde sufrió heridas en el pecho y la mano izquierda. Y aunque su brazo quedó inutilizado, combatió después en Corfú, Ambarino y Túnez.

En 1584 se casó con Catalina de Palacios, no fue un matrimonio afortunado. Tres años más tarde, en 1587, se trasladó a Sevilla y fue comisario de abastos. En esa ciudad sufrió cárcel varias veces por sus problemas económicos y hacia 1603 o 1604 se fue a Valladolid, allí también fue a prisión, esta vez acusado de un asesinato. Desde 1606, tras la publicación del Quijote, fue reconocido como un escritor famoso y vivió en Madrid.

Esta obra se inspira en los elementos habituales de las novelas italianas de enredo, que tienen gran cantidad de rasgos teatrales y ejemplarizantes. En un principio Cornelia seduce al lector por su amor sincero y su deseo de liberarse de una vida de encierro. Sin embargo, algunos detalles revelarán su imprudencia.

La señora Cornelia

Don Antonio de Isunza y don Juan de Gamboa, caballeros principales de una edad, muy discretos y grandes amigos, siendo estudiantes en Salamanca determinaron de dejar sus estudios por irse a Flandes llevados del hervor de la sangre moza y del deseo (como decirse suele) de ver mundo y por parecerles que el ejercicio de las armas, aunque arma y dice bien a todos, principalmente asienta y dice mejor en los bien nacidos y de ilustre sangre.

Llegaron, pues, a Flandes a tiempo que estaban las cosas en paz, o en conciertos y tratos de tenerla presto. Recibieron en Amberes cartas de sus padres, donde les escribieron el grande enojo que habían recibido por haber dejado sus estudios sin avisárselo para que hubieran venido con la comodidad que pedía el ser cuién eran. Finalmente, conociendo la pesadumbre de sus padres, acordaron de volverse a España, pues no había que hacer en Flandes, pero antes de volverse quisieron ver todas las más famosas ciudades de Italia. Y habiéndolas visto todas pararon en Bolonia, y admirados de los estudios de aquella insigne universidad quisieron en ella proseguir los suyos. Dieron noticia de su intento a sus padres, de que se holgaron infinito y lo mostraron con proveerles magníficamente y de modo que mostrasen en su tratamiento quién eran y qué padres tenían. Y desde el primero día que salieron a las escuelas, fueron conocidos de todos por caballeros, galanes, discretos y bien criados.

Tendría don Antonio hasta veinte y cuatro años, y don Juan no pasaba de veinte y seis; y adornabar esta buena edad con ser muy gentileshombres, músicos, poetas, diestros y valientes; partes que los hacían amables y bien queridos de cuantos los comunicaban. Tuvieron luego muchos amigos, así estudiantes españoles, de los muchos que en aquella universidad cursaban, como de los mismos de la ciudad y de los extranjeros. Mostrábanse con todos liberales y comedidos y muy ajenos de la arrogancia que dicen que suelen tener los españoles. Y como eran mozos y alegres, no se desgustaban de tener noticia de las hermosas de la ciudad; y aunque había muchas señoras, doncellas y casadas con gran fama de ser honestas y hermosas, a todas se aventajaba la señora Cornelia Bentibolli de la antigua y generosa familia de los Bentibollis que un tiempo fueron señores de Bolonia.

Era Cornelia hermosísima en extremo y estaba debajo de la guardia y amparo de Lorenzo Bentibolli su hermano, honradísimo y valiente caballero, huérfanos de padre y madre; que aunque los dejaron solos los dejaron ricos, y la riqueza es grande alivio de horfanidad. Era el recato de Cornelia tanto y la solicitud de su hermano tanta en guardarla que ni ella se dejaba ver ni su hermano consentía que la viesen. Esta fama traían deseosos a don Juan y a don Antonio de verla, aunque fuera en la iglesia. Pero el trabajo que en ello pusieron fue en balde y el deseo por la imposibilidad, cuchillo de la esperanza, fue menguando. Y así, con solo el amor de sus estudios y el entretenimiento de algunas honestas mocedades pasaban una vida tan alegre como honrada. Pocas veces salían de noche y si salían iban juntos y bien armados.

Sucedió, pues, que habiendo de salir una noche dijo don Antonio a don Juan que él se quería quedar a rezar ciertas devociones, que se fuese, que luego le seguiría.

—No hay para que —dijo don Juan— yo os aguardaré y si no saliéremos esta noche importa poco.

—No, por vida vuestra —replicó don Antonio—, salid a coger el aire, que seré luego con vos si es que vais por donde solemos ir.

—Haced vuestro gusto —dijo don Juan—, quedaos en buen hora, y si saliéredes las mismas estaciones andaré esta noche que las pasadas.

Fuese don Juan y quedóse don Antonio. Era la noche entre escura y la hora las once; y habiendo andado dos o tres calles y viéndose solo y que no tenía con quién hablar determinó volverse a casa, y poniéndolo en efecto al pasar por una calle que tenía portales sustentados en mármoles, oyó que de una puerta le ceceaban. La escuridad de la noche y la que causaban los portales no le dejaban atinar al ceceo. Detúvose un poco, estuvo atento y vio entreabrir una puerta. Llegóse a ella y oyó una voz baja que dijo:

—¿Sois por ventura Fabio?

Don Juan, por sí o por no, respondió:

—Sí.

—Pues, tomad —respondieron de dentro— y ponedlo en cobro y volved luego, que importa.

Alargó la mano don Juan y topó un bulto, y queriéndolo tomar vio que eran menester las dos manos, y así le hubo de asir con entrambas. Y apenas se le dejaron en ellas, cuando le cerraron la puerta y él se halló cargado en la calle y sin saber de qué. Pero casi luego comenzó a llorar una criatura al parecer recién nacida, a cuyo lloro quedó don Juan confuso y suspenso sin saber qué hacerse ni qué corte dar en aquel caso porque en volver a llamar a la puerta, le pareció que podía correr algún peligro cúya era la criatura y en dejarla allí la criatura misma; pues el llevarla a su casa, no tenía en ella quién la remediase ni él conocía en toda la ciudad persona adonde poder llevarla. Pero viendo que le habían dicho que la pusiese en cobro y que volviese luego determinó de traerla a su casa y dejarla en poder de una ama que los servía, y volver luego a ver si era menester su favor en alguna cosa; puesto que bien había visto que le habían tenido por otro y que había sido error darle a él la criatura. Finalmente, sin hacer más discursos se vino a casa con ella a tiempo que ya don Antonio no estaba en ella. Entróse en un aposento y llamó al ama, descubrió la criatura y vio que era la más hermosa que jamás hubiese visto. Los paños en que venía envuelta mostraban ser de ricos padres nacida. Desenvolvióla el ama y hallaron que era varón.

—Menester es —dijo don Juan— dar de mamar a este niño, y ha de ser desta manera: que vos, ama, le habéis de quitar estas ricas mantillas y ponerle otras más humildes, y sin decir que yo le he traído la habéis de llevar en casa de una partera, que las tales siempre suelen dar recado y remedio a semejantes necesidades. Llevaréis dineros con que la dejéis satisfecha, y daréisle los padres que quisiéredes para encubrir la verdad de haberlo yo traído.

Respondió el ama que así lo haría y don Juan con la priesa que pudo volvió a ver si le ceceaban otra vez, pero un poco antes que llegase a la casa adonde le habían llamado oyó gran ruido de espadas como de mucha gente que se acuchillaban. Estuvo atento y no sintió palabra alguna la herrería era a la sorda, y a la luz de las centellas que las piedras heridas de las espadas levantaban casi pudo ver que eran muchos los que a uno solo acometían, y confirmóse en esta verdad oyendo decir: «¡Ah traidores!

que sois muchos y yo solo; pero con todo eso no os ha de valer vuestra superchería.» Oyendo y viendo lo cual don Juan, llevado de su valeroso corazón, en dos brincos se puso al lado y metiendo mano a la espada y a un broquel que llevaba dijo al que defendía en lengua italiana, por no ser conocido por español:

—No temáis, que socorro os ha venido que no os faltará hasta perder la vida; menead los puños que traidores pueden poco, aunque sean muchos.

A estas razones respondió uno de los contrarios:

—¡Mientes! que aquí no hay ningún traidor, que el querer cobrar la honra perdida a toda demasía da licencia.

No le habló más palabras, porque no les daba lugar a ello la priesa que se daban a herirse los enemigos que, al parecer de don Juan, debían de ser seis. Apretaron tanto a su compañero, que de dos estocadas que le dieron a un tiempo en los pechos, dieron con él en tierra. Don Juan creyó que le habían muerto y, con ligereza y valor extraño, se puso delante de todos, y los hizo arredrar a fuerza de una lluvia de cuchilladas y estocadas. Pero no fuera bastante su diligencia, para ofender y defenderse, si no le ayudara la buena suerte con hacer que los vecinos de la casa sacasen lumbres a las ventanas y a grandes voces llamasen a la justicia; lo cual visto por los contrarios, dejaron la calle y, a espaldas vueltas, se ausentaron. Ya en esto se había levantado el caído, porque las estocadas hallaron un peto como de diamante en que toparon.

Habíasele caído a don Juan el sombrero en la refriega y buscándole, halló otro que se puso a caso, sin mirar si era suyo o no. El caído se llegó a él y le dijo:

—Señor caballero, quien quiera que seáis, yo confieso que os debo la vida que tengo, la cual con lo que valgo y puedo, gastaré a vuestro servicio. Hacedme merced de decirme quién sois y vuestro nombre para que yo sepa a quién tengo de mostrarme agradecido.

A lo cual respondió don Juan:

—No quiero ser descortés, ya que soy desinteresado. Por hacer, señor, lo que me pedís y por daros gusto solamente os digo que soy un caballero español y estudiante en esta ciudad; si el nombre os importara saberlo os le dijera; mas por si acaso quisiéredes servir de mí en otra cosa, sabed que me llamo don Juan de Gamboa.

—Mucha merced me habéis hecho —respondió el caído— pero yo, señor don Juan de Gamboa, no quiero deciros quién soy ni mi nombre, porque he de gustar mucho de que lo sepáis de otro que de mí, y yo tendré cuidado de que os hagan sabidor dello.

Habíale preguntado primero don Juan si estaba herido, porque le había visto dar dos grandes estocadas; y habíale respondido que un famoso peto que traía puesto, después de Dios, le había defendido; pero que con todo eso sus enemigos le acabaran si él no se hallara a su lado. En esto vieron venir hacia ellos un bulto de gente, y don Juan dijo:

—Si éstos son los enemigos que vuelven, apercebíos, señor, y haced como quien sois. A lo que yo creo no son enemigos sino amigos los que aquí vienen.

Y así fue la verdad porque los que llegaron, que fueron ocho hombres, rodearon al caído y hablaron con él pocas palabras, pero tan calladas y secretas que don Juan no las pudo oír.

Volvió luego el defendido a don Juan, y díjole:

—A no haber venido estos amigos en ninguna manera, señor don Juan os dejara hasta que acabárades de ponerme en salva; pero aora os suplico con todo encarecimiento que os vayáis y me dejéis, que me importa.

Hablando esto, se tentó la cabeza y vio que estaba sin sombrero, y volviéndose a los que habían venido pidió que le diesen un sombrero, que se le había caído el suyo. Apenas lo hubo dicho cuando don Juan le puso el que había hallado en la cabeza. Tentóle el caído y volviéndosele a don Juan dijo:

—Este sombrero no es mío. Por vida dél, señor don Juan, que se le lleve por trofeo desta refriega y guárdele, que creo que es conocido.

Diéronle otro sombrero al defendido y don Juan, por cumplir lo que le había pedido, pasando otros algunos aunque breves comedimientos, le dejó sin saber quién era y se vino a su casa sin querer llegar a la puerta donde le habían dado la criatura, por parecerle que todo el barrio estaba despierto y alborotado con la pendencia. Sucedió, pues, que volviéndose a su posada en la mitad del camino encontró con don Antonio de Isunza su camarada y conociéndose dijo don Antonio:

—Volved conmigo, don Juan, hasta aquí arriba y en el camino os contaré un extraño cuento que me ha sucedido, que no le habréis oído tal en toda vuestra vida.

—Como esos cuentos os podré contar yo —respondió don Juan— pero vamos donde queréis y contadme el vuestro.

Guió don Antonio y dijo:

—Habéis de saber, que poco más de una hora después que salistes de casa, salí a buscaros y no treinta pasos de aquí vi venir, casi a encontrarme, un bulto negro de persona, que venía muy aguijando; y llegándose cerca, conocí ser mujer en el hábito largo, la cual, con voz interrumpida de sollozos y de suspiros, me dijo: «Por ventura, señor, sois extranjero o de la ciudad?». «Extranjero soy, y español», respondí yo. Y ella: «Gracias al cielo, que no quiere que muera sin sacramentos.» «¿Venís herida, señora —replique yo—, o traéis algún mal de muerte?» «Podría ser, que el que traigo lo fuese, si presto no se me da remedio. Por la cortesía que siempre suele reinar en los de vuestra nación, os suplico señor español que me saquéis destas calles y me llevéis a vuestra posada con la mayor priesa que pudiéredes, que allá si gustáredes dello sabréis el mal que llevo y quién soy, aunque sea a costa de mi crédito.» Oyendo lo cual, pareciéndome que tenía necesidad de lo que pedía, sin replicarla más la así de la mano y por calles desviadas la llevé a la posada. Abrióme Santisteban el paje, hícele que se retirase, y sin que él la viese la llevé a mi estancia y ella en entrando se arrojó encima de mi lecho desmayada. Lleguéme a ella y descubríla el rostro, que con el manto traía cubierto, y descubrí en él la mayor belleza que humanos ojos han visto; será a mi parecer de edad de diez y ocho años, antes menos que más. Quedé suspenso de ver tal extremo de belleza. Acudí a echarle un poco de agua en el rostro con que volvió en sí, suspirando tiernamente. Y lo primero que me dijo fue: «¿Conocéisme, señor?» «No —respondí yo—, ni es bien que yo haya tenido ventura de haber conocido tanta hermosura.» «Desdichada de aquella —respondió ella— a quien se la da el cielo, para mayor desgracia suya; pero señor, no es tiempo éste de alabar hermosuras, sino de remediar desdichas; por quien sois que me dejéis aquí encerrada, y no permitáis que ninguno me vea, y volved luego al mismo lugar que me topastes, y mirad si riñe alguna gente, y no favorezcáis a ninguno de los que riñeren, sino poned paz, que cualquier daño de las partes ha de resultar en acrecentar el mío.» Déjola encerrada y vengo a poner en paz esta pendencia.

—¿Tenéis más que decir, don Antonio? —preguntó don Juan.

—Pues no os parece que he dicho harto —respondió don Antonio—, pues he dicho que tengo debajo de llave, y en mi aposento, la mayor belleza que humanos ojos han visto.

—El caso es extraño sin duda —dijo don Juan—, pero oíd el mío.

Y luego le contó todo lo que le había sucedido y cómo la criatura que le habían dado estaba en casa en poder de su ama y la orden que le había dejado de mudarle las ricas mantillas en pobres y de llevarle adonde le criasen o alomenos socorriesen la presente necesidad. Y dijo más, que la pendencia que él venía a buscar ya era acabada y puesta en paz, que él se había hallado en ella; y que a lo que él imaginaba, todos los de la riña debían de ser gentes de prendas y de gran valor.

Quedaron entrambos admirados del suceso de cada uno, y con priesa se volvieron a la posada por ver lo que había menester la encerrada. En el camino dijo don Antonio a don Juan, que él había prometido a aquella señora que no la dejaría ver de nadie, ni entraría en aquel aposento sino él solo, en tanto que el a no gustase de otra cosa.

—No importa nada —respondió don Juan—, que no faltará orden para verla, que ya lo deseo en extremo, según me la habéis alabado de hermosa.

Llegaron en esto y, a la luz que sacó uno de tres pajes que tenían, alzó los ojos don Antonio al sombrero que don Juan traía, violе resplandeciente de diamantes; quitóselе; y vio que las luces salían de muchos que en un cintillo riquísimo traía. Miráronle y remiráronle entrambos, y concluyeron que si todos eran finos, como parecían, valía más de doce mil ducados. Aquí acabaron de conocer ser gente principal la de la pendencia, especialmente el socorrido de don Juan, de quien se acordó haberle dicho que trujese el sombrero y le guardase porque era conocido. Mandaron retirar los pajes, y don Antonio abrió su aposento y halló a la señora sentada en la cama con la mano en la mejilla derramando tiernas lágrimas. Don Juan, con el deseo que tenía de verla, se asomó a la puerta tanto cuanto pudo entrar la cabeza, y al punto la lumbre de los diamantes dio en los ojos de la que lloraba, y alzándolos dijo:

—¡Entrad, señor duque, entrad! ¿para qué me queréis dar con tanta escaseza el bien de vuestra vista?

A esto dijo don Antonio:

—Aquí, señora, no hay ningún duque que se excuse de veros.

—¿Cómo no? —replicó ella—. El que allí se asomó ahora es el duque de Ferrara, que mal le puede encubrir la riqueza de su sombrero.

—En verdad, señora, que el sombrero que vistes no le trae ningún duque; y si queréis desengañaros con ver quién le trae dadle licencia que entre.

—Entre, enhorabuena —dijo ella—, aunque si no fuese el duque mis desdichas serían mayores.

Todas estas razones había oído don Juan y viendo que tenía licencia de entrar con el sombrero en la mano entró en el aposento, y así como se le puso delante y ella conoció no ser quien decía el del rico sombrero, con voz turbada y lengua presurosa dijo:

—¡Ay desdichada de mí! señor mío, decidme luego sin tenerme más suspensa ¿conocéis el dueño dese sombrero? ¿dónde le dejastes, o cómo vino a vuestro poder? ¿es vivo por ventura? o ¿son ésas las nuevas que me envía de su muerte? ¡Ay bien mío! ¿qué sucesos son éstos? Aquí veo tus prendas, aquí me veo sin ti encerrada y en poder (que a no saber que es de gentileshombres españoles) el temor de perder mi honestidad, me hubiera quitado la vida.

—Sosegaos, señora —dijo don Juan—, que ni el dueño deste sombrero es muerto, ni estáis en parte donde se os ha de hacer agravio alguno, sino serviros con cuanto las fuerzas nuestras alcanzaren, hasta poner las vidas por defenderos y ampararos; que no es bien que os salga vana la fe que tenéis de la bondad de los españoles; y pues nosotros lo somos, y principales (que aquí viene bien ésta que parece arrogancia), estad segura que se os guardará el decoro que vuestra presencia merece.

—Así lo creo yo —respondió ella— pero con todo eso decidme, señor, ¿cómo vino a vuestro poder ese rico sombrero, o adónde está su dueño, que por lo menos es Alfonso de Este, duque de Ferrara?

Entonces don Juan, por no tenerla más suspensa, le contó cómo le había hallado en una pendencia, y en ella había favorecido y ayudado a un caballero, que por lo que ella decía sin duda debía de ser el duque de Ferrara, y que en la pendencia había perdido el sombrero y hallado aquél; y que aquel caballero le había dicho que le guardase, que era conocido. Y que la refriega se había concluido sin quedar herido el caballero, ni él tampoco; y que después de acabada había llegado gente que al parecer debían de ser criados o amigos del que él pensaba ser el duque, el cual le había pedido le dejase, y se viniese, mostrándose muy agradecido al favor que yo le había dado.

—De manera, señora mía, que este rico sombrero vino a mi poder por la manera que os he dicho y su dueño, si es el duque como vos decís, no ha una hora que le dejé bueno, sano y salvo. Sea esta verdad parte para vuestro consuelo, si es que le tendréis con saber del buen estado del duque.

—Para que sepáis, señores, si tengo razón y causa para preguntar por él, estadme atentos y escuchad la, no sé si diga, mi desdichada historia.

Todo el tiempo en que esto pasó, le entretuvo el ama en paladear al niño con miel, y en mudarle las mantillas de ricas en pobres; y ya que lo tuvo todo aderezado quiso llevarla en casa de una partera como don Juan se lo dejó ordenado; y al pasar con ella por junto a la estancia donde estaba la que quería comenzar su historia, lloró la criatura, de modo que lo sintió la señora y levantándose en pie púsose atentamente a escuchar, y oyó más distintamente el llanto de la criatura y dijo:

—Señores míos ¿qué criatura es aquélla, que parece recién nacida?

Don Juan respondió:

—Es un niño que esta noche nos han echado a la puerta de casa y va el ama a buscar quien le dé de mamar.

—Tráiganmele aquí, por amor de Dios —dijo la señora—, que yo haré esa caridad a los hijos ajenos, pues no quiere el cielo que la haga con los propios.

Llamó don Juan al ama y tomóle el niño, y entrósele a la que le pedía y púsosele en los brazos diciendo:

—Veis aquí, señora, el presente que nos han hecho esta noche, y no ha sido éste el primero, que pocos meses se pasan que no hallamos a los quicios de nuestras puertas semejantes hallazgos.

Tomóle ella en los brazos y miróle atentamente, así el rostro como los pobres aunque limpios paños en que venía envuelto, y luego sin poder tener las lágrimas se echó la toca de la cabeza encima de los pechos para poder dar con honestidad de mamar a la criatura, y aplicándosela a ellos juntó su rostro con el suyo, y con la leche le sustentaba y con las lágrimas le bañaba el rostro. Y desta manera estuvo sin levantar el suyo tanto espacio cuanto el niño no quiso dejar el pecho. En este espacio guardaban todos cuatro silencio. El niño mamaba, pero no era ansí, porque las recién paridas no pueden dar el pecho, y así cayendo en la cuenta la que se lo daba se le volvió a don Juan, diciendo:

—En balde me he mostrado caritativa, bien parezco nueva en estos casos; haced señor, que a este niño le paladeen con un poco de miel, y no consintáis que a estas horas le lleven por las calles; dejad llegar el día y antes que le lleven vuélvanmele a traer, que me consuelo en verle.

Volvió el niño don Juan al ama y ordenóle le entretuviese hasta el día y que le pusiese las ricas mantillas con que le había traído, y que no le llevase sin primero decírselo. Y volviendo a entrar, y estando los tres solos, la hermosa dijo:

—Si queréis que hable, dadme primero algo que coma, que me desmayo, y tengo bastante ocasión para ello.

Acudió prestamente don Antonio a un escritorio y sacó dél muchas conservas, y de algunas comió la desmayada y bebió un vidrio de agua fría, con que volvió en sí, y algo sosegada dijo:

—Sentaos, señores, y escuchadme.

Hiciéronlo ansí, y ella recogiéndose encima del lecho y abrigándose bien con las faldas del vestido dejó descolgar por las espaldas un velo que en la cabeza traía, dejando el rostro exento y descubierto, mostrando en él el mismo de la Luna o por mejor decir del mismo Sol, cuando más hermoso y más claro se muestra. Llovíanle líquidas perlas de los ojos, y limpiábaselas con un lienzo blanquísimo y con unas manos tales que entre ellas y el lienzo fuera de buen juicio el que supiera diferenciar la blancura. Finalmente, después de haber dado muchos suspiros y después de haber procurado sosegar algún tanto el pecho, con voz algo doliente y turbada dijo:

—Yo, señores, soy aquella que muchas veces habréis sin duda alguna oído nombrar por ahí, porque la fama de mi belleza, tal cual ella es, pocas lenguas hay que no la publiquen. Soy en efecto Cornelia Bentibolli, hermana de Lorenzo Bentibolli, que con deciros esto quizá habré dicho dos verdades: la una de mi nobleza; la otra de mi hermosura. De pequeña edad quedé huérfana de padre y madre en poder de mi hermano, el cual desde niña puso en mi guarda al recato mismo, puesto que más confiaba de mi honrada condición que de la solicitud que ponía en guardarme. Finalmente, entre paredes y entre soledades, acompañadas no más de mis criadas, fui creciendo y juntamente conmigo crecía la fama de mi gentileza, sacada en público de los criados y de aquellos que en secreto me trataban y de un retrato que mi hermano mandó hacer a un famoso pintor para que, como él decía, no quedase sin mí el mundo ya que el cielo a mejor vida me llevase. Pero todo esto fuera poca parte para apresurar mi perdición si no sucediera venir el duque de Ferrara a ser padrino de unas bodas de una prima mía donde me llevó mi hermano con sana intención y por honra de mi parienta. Allí miré y fui vista; allí, según creo, rendí corazones, avasallé voluntades; allí sentí que daban gusto las alabanzas aunque fuesen dadas por lisonjeras lenguas; allí, finalmente, vi al duque y él me vio a mí, de cuya vista ha resultado verme ahora como me veo.

«No os quiero decir, señores (porque sería proceder en infinito), los términos, las trazas y los modos por donde el duque y yo venimos a conseguir al cabo de dos años los deseos que en aquellas bodas nacieron, porque ni guardas, ni recatos, ni honrosas amonestaciones, ni otra humana diligencia fue bastante para estorbar el juntarnos, que en fin hubo de ser debajo de la palabra que él me dio de ser mi esposo, porque sin ella fuera imposible rendir la roca de la valerosa y honrada presunción mía. Mil veces le dije que públicamente me pidiese a mi hermano, pues no era posible que me negase, y que no había que dar disculpas al vulgo de la culpa que le pondrían de la desigualdad de nuestro casamiento, pues no desmentía en nada la nobleza del linaje Bentibolli y la suya Estense. A esto me respondió con excusas, que yo las tuve por bastantes y necesarias, y confiada como rendida creí como enamorada, y entreguéme de toda mi voluntad a la suya por intercesión de una criada mía más blanda a las dádivas y promesas del duque que lo que debía a la confianza que de su fidelidad mi hermano hacía. En resolución, a cabo de pocos días me sentí preñada, y antes que mis vestidos manifestasen mis libertades (por no darles otro nombre) me fingí enferma y malancólica e hice con mi hermano me trujese en casa de aquella mi prima de quien había sido padrino el duque. Allí le hice saber en el término en que estaba y el peligro que me amenazaba; y la poca seguridad que tenía de mi vida por tener barruntos de que mi hermano sospechaba mi desenvoltura. Quedó de acuerdo entre los dos, que en entrando en el mes mayor se lo avisase, que él vendría por mí con otros amigos suyos y me llevaría a Ferrara donde en la sazón que esperaba se casaría públicamente conmigo; esta noche en que estamos fue la del concierto de su venida, y esta misma noche, estándole esperando, sentí pasar a mi hermano con otros muchos hombres, al parecer armados según les crujían las armas de cuyo sobresalto de improviso me sobrevino el parto, y en un instante parí un hermoso niño. Aquella criada mía, sabidora y medianera de mis hechos, que estaba ya prevenida para el caso, envolvió la criatura en otros paños, que no los que tiene la que a vuestra puerta echaron, y saliendo a la puerta de la calle la dio (a lo que ella dijo) a un criado del duque. Yo desde allí a un poco, acomodándome lo mejor que pude (según la presente necesidad) salí de la casa creyendo que estaba en la calle el duque, y no lo debiera hacer hasta que él llegara a la puerta; mas el miedo que me había puesto la cuadrilla armada de mi hermano, creyendo que ya esgrimía su espada sobre mi cuello, no me dejó hacer otro mejor discurso y, así, desatentada y loca salí donde me sucedió lo que habéis visto. Y aunque me veo sin hijo y sin esposo y con temor de peores sucesos, doy gracias al cielo que me ha traído a vuestro poder, de quien me prometo todo aquello que de la cortesía española puedo prometerme, y más de la vuestra, que la sabréis realzar, por ser tan nobles como parecéis.

Diciendo esto, se dejó caer del todo encima del lecho, y acudiendo los dos a ver si se desmayaba, vieron que no, sino que amargamente lloraba, y díjole don Juan:

—Si hasta aquí, hermosa señora, yo y don Antonio mi camarada os teníamos compasión y lástima por ser mujer, ahora que sabemos vuestra calidad la lástima y compasión pasa a ser obligación precisa de serviros; cobrad ánimo y no desmayéis, y aunque no acostumbrada a semejantes casos, tanto más mostraréis quién sois, cuanto más con paciencia supiéredes llevarlos; creed, señora, que imagino que estos tan extraños sucesos han de tener un felice fin, que no han de permitir los cielos que tanta belleza se goce mal y tan honestos pensamientos se mal logren. Acostaos, señora, y curad de vuestra persona que lo habéis menester, que aquí entrará una criada nuestra que os sirva de quien podéis hacer la misma confianza que de nuestras personas; tan bien sabrá tener en silencio vuestras desgracias como acudir a vuestras necesidades.

—Tal es la que tengo que a cosas más dificultosas me obliga —respondió ella—, entre, señor, quien vos quisiéredes, que encaminada por vuestra parte, no puedo dejar de tenerla muy buena en la que menester hubiere; pero con todo eso os suplico que no me vean más que vuestra criada.

—Así será —respondió don Antonio. Y dejándola sola se salieron, y don Juan dijo al ama que entrase dentro y llevase la criatura con los ricos paños si se los había puesto. El ama dijo que sí, y que ya estaba de la misma manera que él la había traído.

Entró el ama advertida de lo que había de responder, a lo que acerca de aquella criatura la señora que hallarla allí dentro, le preguntase. En viéndola Cornelia, le dijo:

—Vengáis en buenhora, amiga mía, dadme esa criatura y llegadme aquí esa vela.

Hízolo así el ama, y tomando el niño Cornelia en sus brazos se turbó toda, y le miró ahincadamente y dijo al ama:

—Decidme, señora, ¿este niño y el que me trajistes o me trujeron poco ha es todo uno?

—Sí, señora —respondió el ama.

—Pues ¿cómo trae tan trocadas las mantillas? —replicó Cornelia— en verdad amiga que me parece o que éstas son otras mantillas o que ésta no es la misma criatura.

—Todo podía ser —respondió el ama.

—¡Pecadora de mí! —dijo Cornelia— ¿cómo todo podía ser? ¿Cómo es esto, ama mía? que el corazón me revienta en el pecho, hasta saber este trueco. Decídmelo, amiga, por todo aquello que bien queréis, digo que me digáis de dónde habéis habido estas tan ricas mantillas, porque os hago saber que son mías, si la vista no me miente o la memoria no se acuerda. Con estas mismas u otras semejantes entregué yo a mi doncella la prenda querida de mi alma; ¿quién se las quitó? ¡Ay desdichada! y ¿quién las trujo aquí? ¡ay sin ventura!

Don Juan y don Antonio, que todas estas quejas escuchaban, no quisieron que más adelante pasase en ellas ni permitieron que el engaño de las trocadas mantillas más la tuviese en pena, y así entraron y don Juan le dijo:

—Esas mantillas y ese niño son cosa vuestra, señora Cornelia.

Y luego le contó punto por punto cómo él había sido la persona a quien su doncella había dado el niño y de cómo le había traído a casa con la orden que había dado al ama del trueco de las mantillas, y la ocasión por que lo había hecho; aunque después que le contó su parto, siempre tuvo por cierto, que aquél era su hijo; y que si no se lo había dicho, había sido porque tras el sobresalto del estar en duda de conocerle, sobreviniese la alegría de haberle conocido. Allí fueron infinitas las lágrimas de alegría de Cornelia, infinitos los besos que dio a su hijo, infinitas las gracias que rindió a sus favorecedores, llamándolos ángeles humanos de su guarda y otros títulos que de su agradecimiento daban notoria muestra.

Dejáronla con el ama, encomendándola mirase por ella y la sirviese cuanto fuese posible, advirtiéndola en el término en que estaba para que acudiese a su remedio, pues ella por ser mujer sabía más de aquel menester que no ellos. Con esto se fueron a reposar lo que faltaba de la noche, con intención de no entrar en el aposento de Cornelia, si no fuese o que ella los llamase o a necesidad precisa. Vino el día y el ama trujo a quien secretamente y a escuras diese de mamar al niño, y ellos preguntaron por Cornelia; dijo el ama, que reposaba un poco. Fuéronse a las escuelas, y pasaron por la calle de la pendencia y por la casa de donde había salido Cornelia, por ver si era ya pública su falta o si se hacían corrillos della; pero en ningún modo sintieron, ni oyeron cosa, ni de la riña, ni de la ausencia de Cornelia. Con esto, oídas sus lecciones se volvieron a su posada.

Llamólos Cornelia con el ama, a quien respondieron que tenían determinado de no poner los pies en su aposento para que con más decoro se guardase el que a su honestidad se debía; pero ella replicó con lágrimas y con ruegos que entrasen a verla, que aquél era el decoro más conveniente, si no para su remedio alomenos para su consuelo. Hiciéronlo así, y ella los recibió con rostro alegre y con mucha cortesía; pidióles le hiciesen merced de salir por la ciudad y ver si oían algunas nuevas de su atrevimiento; respondiéronle que ya estaba hecha aquella diligencia con toda curiosidad; pero que no se decía nada. En esto llegó un paje, de tres que tenían, a la puerta del aposento y desde fuera dijo:

—A la puerta está un caballero con dos criados que dice se llama Lorenzo Bentibolli, y busca a mi señor don Juan de Gamboa.

A este recado cerró Cornelia ambos puños y se los puso en la boca, y por entre ellos salió la voz baja y temerosa, y dijo:

—¡Mi hermano, señores, mi hermano es ése! sin duda debe de haber sabido que estoy aquí y viene a quitarme la vida. ¡Socorro, señores, y amparo!

—Sosegaos, señora —le dijo don Antonio—, que en parte estáis y en poder de quien no os dejará hacer el menor agravio del mundo. Acudid vos, señor don Juan, y mirad lo que quiere ese caballero, y yo me quedaré aquí a defender si menester fuere a Cornelia.

Don Juan, sin mudar semblante bajó abajo, y luego don Antonio hizo traer dos pistoletes armados y mandó a los pajes que tomasen sus espadas y estuviesen apercibidos. El ama, viendo aquellas prevenciones, temblaba; Cornelia, temerosa de algún mal suceso, tremía. Solos don Antonio y don Juan estaban en sí y muy bien puestos en lo que habían de hacer. En la puerta de la calle halló don Juan a don Lorenzo, el cual en viendo a don Juan, le dijo:

—Suplico a v. s. (que ésta es la md. de Italia) me haga merced de venirse conmigo, a aquella iglesia que está allí frontero, que tengo un negocio, que comunicar con vuestra señoría en que me va la vida y la honra.

—De muy buena gana —respondió don Juan—, vamos, señor, donde quisiéredes.

Dicho esto, mano a mano se fueron a la iglesia y sentándose en un escaño y en parte donde no pudiesen ser oídos Lorenzo habló primero y dijo:

—Yo, señor español, soy Lorenzo Bentibolli, si no de los más ricos, de los más principales desta ciudad; ser esta verdad tan notoria servirá de disculpa del alabarme yo propio. Quedé huérfano algunos años ha y quedó en mi poder una mi hermana, tan hermosa que a no tocarme tanto, quizá os la alabara de manera que me faltaran encarecimientos, por no poder ningunos corresponder del todo a su belleza. Ser yo honrado y ella muchacha y hermosa me hacían andar solícito en guardarla, pero todas mis prevenciones y diligencias las ha defraudado la voluntad arrojada de mi hermana Cornelia, que éste es su nombre. Finalmente, por acortar, por no cansaros este que pudiera ser cuento largo, digo que el duque de Ferrara, Alfonso de Este, con ojos de lince venció a los de Argos derribó y triunfó de mi industria venciendo a mi hermana, y anoche me la llevó y sacó de casa de una parienta nuestra y aun dicen que recién parida. Anoche lo supe y anoche le salí a buscar, y creo que le hallé y acuchillé; pero fue socorrido de algún ángel, que no consintió, que con su sangre sacase la mancha de mi agravio. Hame dicho mi parienta, que es la que todo esto me ha dicho, que el duque engañó a mi hermana debajo de palabra de recibirla por mujer; esto yo no lo creo, por ser desigual el matrimonio en cuanto a los bienes de fortuna, que en los de naturaleza, el mundo sabe la calidad de los Bentibollis de Bolonio. Lo que creo es que él se atuvo a lo que se atienen los poderosos, que quieren atropellar una doncella temerosa y recatada, poniéndole a la vista el dulce nombre de esposo, haciéndola creer, que por ciertos respectos no se desposa luego; mentiras aparentes de verdades, pero falsas y mal intencionadas. Pero sea lo que fuere, yo me veo sin hermana y sin honra, puesto que todo esto hasta agora por mi parte lo tengo puesto debajo de la llave del silencio, y no he querido contar a nadie este agravio hasta ver si le puedo remediar y satisfacer en alguna manera, que las infamias, mejor es que se presuman y sospechan, que no que se sepan de cierto y distintamente, que entre el sí y el no de la duda, cada uno puede inclinarse a la parte que más quisiere, y cada una tendrá sus valedores. Finalmente, y tengo determinado de ir a Ferrara y pedir al mismo duque la satisfacción de mi ofensa, y si la negare, desafiarle sobre el caso; y esto no ha de ser con escuadrones de gente pues no los puedo ni formar ni sustentar, sino de persona a persona; para lo cual querría el ayuda de la vuestra, y que me acompañásedes en este camino, confiado en que lo haréis, por ser español y caballero, como ya estoy informado. Y por no dar cuenta a ningún pariente ni amigo mío, de quien no espero sino consejos y disuasiones, y de vos puedo esperar los que sean buenos y honrosos aunque rompan por cualquier peligro. Vos, señor, me habéis de hacer merced de venir conmigo, que llevando un español a mi lado y tal como vos me parecéis haré cuenta que llevo en mi guarda los ejércitos de Jerjes. Mucho os pido pero a más obliga la deuda de responder a lo que la fama de vuestra nación pregona.

—¡No más, señor Lorenzo —dijo a esta sazón don Juan (que hasta allí, sin interrumpirle palabra le había estado escuchando)—, no más! que desde aquí me constituyo por vuestro defensor y consejero y tomo a mi cargo la satisfacción o venganza de vuestro agravio; y esto no solo por ser español, sino por ser caballero y serlo vos tan principal como habéis dicho, y como yo sé y como todo el mundo sabe. Mirad cuándo queréis que sea nuestra partida, y sería mejor que fuese luego porque el hierro se ha de labrar mientras estuviere encendido, y el ardor de la cólera acrecienta el ánimo, y la injuria reciente despierta la venganza.

Levantóse Lorenzo y abrazó apretadamente a don Juan, dijo:

—A tan generoso pecho como el vuestro, señor don Juan, no es menester moverle con ponerle otro interés delante que el de la honra que ha de ganar en este hecho, la cual desde aquí os la doy si salimos felicemente deste caso, y por añadidura os ofrezco cuanto tengo, puedo y valgo; la ida quiero que sea mañana porque hoy pueda prevenir lo necesario para ella

—Bien me parece —dijo don Juan— y dadme licencia, señor Lorenzo, que yo pueda dar cuenta deste hecho a un caballero camarada mío de cuyo valor y silencio os podéis prometer harto más que del mío.

—Pues vos, señor don Juan, según decís, habéis tomado mi honra a vuestro cargo disponed della como quisiéredes, y decid della lo que quisiéredes y a quien quisiéredes, cuanto más, que camarada vuestra ¿quién puede ser, que muy bueno no sea?

Con esto se abrazaron y despidieron, quedando que otro día por la mañana le enviaría a llamar para que fuera de la ciudad se pusiesen a caballo y siguiesen disfrazados su jornada. Volvió don Juan y dio cuenta a don

Antonio y a Cornelia de lo que con Lorenzo había pasado, y el concierto que quedaba hecho.

—¡Válgame Dios! —dijo Cornelia— grande es, señor, vuestra cortesía y grande vuestra confianza; ¿cómo y tan presto os habéis arrojado a emprender una hazaña llena de inconvenientes? Y ¿qué sabéis vos, señor, si os lleva mi hermano a Ferrara o a otra parte? Pero donde quiera que os llevare, bien podéis hacer cuenta que va con vos la fidelidad misma, aunque yo como desdichada, en los átomos del Sol tropiezo de cualquier sombra temo, y no queréis que tema si está puesta en la respuesta del duque mi vida o mi muerte; y qué sé yo si responderá tan atentamente, que la cólera de mi hermano se contenga en los límites de su discreción; y cuando salga, ¿pareceos que tiene flaco enemigo? Y ¿no os parece, que los días que tardáredes, he de quedar colgada, temerosa y suspensa, esperando las dulces o amargas nuevas del suceso? ¿Quiero yo tan poco al duque o a mi hermano que de cualquiera de los dos no tema las desgracias y las sienta en el alma?

—Mucho discurrís y mucho teméis, señora Cornelia —dijo don Juan—, pero dad lugar entre tantos miedos a la esperanza y fiad en Dios, en mi industria y buen deseo, que habéis de ver con toda felicidad cumplido el vuestro; la ida de Ferrara no se excusa ni el dejar de ayudar yo a vuestro hermano tampoco. Hasta agora no sabemos la intención del duque, ni tampoco si él sabe vuestra falta, y todo esto se ha de saber de su boca, y nadie se lo podrá preguntar como yo. Y entended, señora Cornelia, que la salud y contento de vuestro hermano y el del duque llevo puestos en las niñas de mis ojos; yo miraré por ellos, como por ellas.

—Si así os da el cielo, señor don Juan —respondió Cornelia—, poder para remediar, como gracia para consolar en medio destos mis trabajos; me cuento por bien afortunada; ya querría veros ir y volver, por más que el temor me aflija en vuestra ausencia, o la esperanza me suspenda.

Don Antonio aprobó la determinación de don Juan y le alabó la buena correspondencia, que en él había hallado la confianza de Lorenzo Bentibolli. Díjole más, que él quería ir a acompañarlos por lo que podía suceder.

—Eso no —dijo don Juan—, así porque no será bien que la señora Cornelia quede sola, como porque no piense el señor Lorenzo que me quiero valer de esfuerzos ajenos.

—El mío es el vuestro mismo —replicó don Antonio— y así aunque sea desconocido, y desde lejos os tengo de seguir, que la señora Cornelia sé que gustará dello, y no queda tan sola que le falte quien la sirva, la guarde y acompañe.

A lo cual Cornelia dijo:

—Gran consuelo será para mí, señores, si sé que vais juntos, o alomenos de modo que os favorezcáis el uno al otro si el caso lo pidiere; y pues al que vais, a mí se me semeja ser de peligro, hacedme merced, señores, de llevar estas reliquias con vosotros —y diciendo esto, sacó del seno una cruz de diamantes de inestimable valor y un agnus de oro, tan rico como la cruz.

Miraron los dos las ricas joyas y apreciáronlas aún más que lo que habían apreciado el cintillo; pero volviéronselas, no queriendo tomarlas en ninguna manera, diciendo que ellos llevarían reliquias consigo, si no tan bien adornadas alomenos en su calidad tan buenas. Pesóle a Cornelia el no aceptarlas, pero al fin hubo de estar a lo que ellos querían.

El ama tenía gran cuidado de regalar a Cornelia y sabiendo la partida de sus amos, de que le dieron cuenta pero no a lo que iban ni adónde iban, se encargó de mirar por la señora (cuyo nombre aún no sabía) de manera, que sus mercedes no hiciesen falta.

Otro día bien de mañana ya estaba Lorenzo a la puerta y don Juan de camino con el sombrero del cintillo, a quien adornó de plumas negras y amarillas, y cubrió el cintillo con una toquilla negra. Despidióse de Cornelia, la cual imaginando que tenía a su hermano tan cerca, estaba tan temerosa que no acertó a decir palabra a los dos, que della se despidieron. Salió primero don Juan, y con Lorenzo se fue fuera de la ciudad, y en una huerta algo desviada hallaron dos muy buenos caballos con dos mozos, que de diestro los tenían. Subieron en ellos y los mozos delante por sendas y caminos desusados caminaron a Ferrara. Don Antonio sobre un cuartago suyo y otro vestido y disimulado los seguía, pero parecióle que se recataban dél, especialmente Lorenzo, y así acordó de seguir el camino derecho de Ferrara con seguridad que allí los encontraría.

Apenas hubieron salido de la ciudad cuando Cornelia dio cuenta al ama de todos sus sucesos y de cómo aquel niño era suyo y del duque de Ferrara, con todos los puntos que hasta aquí se han contado tocantes a su historia, no encubriéndole cómo el viaje que llevaban sus señores era a Ferrara, acompañando a su hermano que iba a desafiar al duque Alfonso. Oyendo lo cual el ama (como si el demonio se lo mandara para intricar, estorbar o dilatar el remedio de Cornelia) dijo:

—¡Ay, señora de mi alma! y todas esas cosas han pasado por vos, y ¿estáisos aquí descuidada y a pierna tendida? ¡O no tenéis alma o tenéisla tan desmazalada que no siente! ¿cómo, y pensáis vos por ventura que vuestro hermano va a Ferrara? No lo penséis, sino pensad y creed que ha querido llevar a mis amos de aquí y ausentarlos desta casa para volver a ella y quitaros la vida, que lo podrá hacer como quien bebe un jarro de agua. ¡Mirá debajo de qué guarda y amparo quedamos, sino en la de tres pajes! que harto tienen ellos que hacer en rascarse la sarna de que están llenos que en meterse en dibujos; alomenos de mí sé decir que no tendré ánimo para esperar el suceso y ruina que a esta casa amenaza. El señor Lorenzo italiano, y que se fíe de españoles y les pida favor y ayuda ¡para mi ojo, si tal crea! (y diose ella misma una higa) si vos hija mía quisiésedes tomar mi consejo, yo os le daría tal que os luciese.

Pasmada, atónita y confusa estaba Cornelia oyendo las razones del ama, que las decía con tanto ahínco y con tantas muestras de temor que le pareció ser todo verdad lo que le decía, y quizá estaban muertos don Juan y don Antonio y que su hermano entraba por aquellas puertas y la cosía a puñaladas. Y así le dijo:

—Y ¿qué consejo me daríades, vos amiga, que fuese saludable y que previniese la sobrestante desventura?

—Y ¡como que le daré! tal y tan bueno, que no pueda mejorarse —dijo el ama—. Yo, señora, he servido a un piovano, a un cura digo de una aldea, que está dos millas de Ferrara; es una persona santa y buena y que hará por mí todo lo que yo le pidiere porque me tiene obligación más que de amo. Vámonos allá, que yo buscaré quien nos lleve luego, y la que viene a dar de mamar al niño es mujer pobre y se irá con nosotras al cabo del mundo. Y ya, señora, que presupongamos que has de ser hallada, mejor será que te hallen er casa de un sacerdote de misa viejo y honrado que en poder de dos estudiantes mozos, y españoles, que los tales (como yo soy buen testigo) no desechan ripio. Y agora, señora, como estás mala, te han guardado respeto pero si sanas y convaleces en su poder, Dios lo podrá remediar. Porque en verdad que si a mí no me hubieran guardado mis repulsas, desdenes y enterezas, ya hubieran dado conmigo y con mi honra al traste, porque no es todo oro lo que en ellos reluce, uno dicen y otro piensan; pero hanlo habido conmigo, que soy ta mada y sé dónde me aprieta el zapato; y sobre todo soy bien nacida, que soy de los Cribelos de Milán, y tengo el punto de la honra diez millas más allá de las nubes. Y en esto se podrá echar de ver, señora mía, las calamidades que por mí han pasado, pues con ser quien soy he venido a ser masara de españoles, a quien ellos llaman ama; aunque a la verdad no tengo de qué quejarme de mis amos, porque son unos benditos, como no estén enojados; y en esto parecen vizcaínos, como ellos dicen que lo son. Pero quizá para consigo serán gallegos, que es otra nación según es fama algo menos puntual y bien mirada que la vizcaína.

En efecto, tantas y tales razones le dijo que la pobre Cornelia se dispuso a seguir su parecer; y así en menos de cuatro horas, disponiéndolo el ama y consintiéndolo ella se vieron dentro de una carroza las dos y la ama del niño, y sin ser sentidas de los pajes, se pusieron en camino para la aldea del cura; y todo esto se hizo a persuasión del ama, y con sus dineros, porque había poco que la habían pagado sus señores un año de su sueldo, y así no fue menester empeñar una joya que Cornelia le daba. Y como habían oído decir a don Juan que él y su hermano no habían de seguir el camino derecho de Ferrara sino por sendas apartadas, quisieron ellas seguir el derecho y poco a poco por no encontrarse con ellos; y el dueño de la carroza se acomodó al paso de la voluntad dellas, porque le pagaron al gusto de la suya.

Dejémoslas ir, que ellas van tan atrevidas como bien encaminadas y sepamos qué les sucedió a don Juan de Gamboa y al señor Lorenzo Bentibolli; de los cuales se dice que en el camino supieron que el duque no estaba en Ferrara sino en Bolonia; y así, dejando el rodeo que llevaban, se vinieron al camino real, o a la estrada maestra, como allá se dice, considerando que aquélla había de traer el duque cuando de Bolonia volviese. Y a poco espacio que en ella habían entrado, habiendo tendido la vista hacia Bolonia por ver si por él alguno venía, vieron un tropel de gente de a caballo, y entonces dijo don Juan a Lorenzo que se desviase del camino, porque si acaso entre aquella gente viniese el duque le quería hablar allí antes que se encerrase en Ferrara, que estaba poco distante. Hízolo así Lorenzo y aprobó el parecer de don Juan.

Así como se apartó Lorenzo, quitó don Juan la toquilla que encubría el rico cintillo, y esto no sin falta de discreto discurso, como él después lo dijo. En esto llegó la tropa de los caminantes, y entre ellos venía una mujer sobre una pía, vestida de camino y el rostro cubierto con una mascarilla, o por mejor encubrirse o por guardarse del Sol y del aire. Paró el caballo don Juan en medio del camino y estuvo con el rostro descubierto a que llegasen los caminantes; y en llegando cerca, el talle, el brío, el poderoso caballo, la bizarría del vestido y las luces de los diamantes llevaron tras sí los ojos de cuantos allí venían, especialmente los del duque de Ferrara que era uno dellos, el cual como puso los ojos en el cintillo, luego se dio a entender que el que le traía era don Juan de Gamboa, el que le había librado en la pendencia, y tan de veras aprehendió esta verdad, que sin hacer otro discurso, arremetió su caballo hacia don Juan diciendo:

—No creo que me engañaré en nada, señor caballero, si os llamo don Juan de Gamboa, que vuestra gallarda disposición y el adorno dese capelo me lo están diciendo.

—Así es la verdad —respondió don Juan—, porque jamás supe, ni quise, encubrir mi nombre; pero decidme, señor, quién sois, porque yo no caiga en alguna descortesía.

—Eso será imposible —respondió el duque—, que para mí tengo que no podéis ser descortés en ningún caso; con todo eso os digo, señor don Juan, que yo soy el duque de Ferrara y el que está obligado a serviros todos los días de su vida, pues no ha cuatro noches que vos se la distes.

No acabó de decir esto el duque cuando don Juan con extraña ligereza saltó del caballo y acudió a besar los pies del duque; pero por presto que llegó, ya el duque estaba fuera de la silla, de modo que le acabó de apear en brazos don Juan. El señor Lorenzo, que desde algo lejos miraba estas ceremonias, no pensando que lo eran de cortesía sino de cólera, arremetió su caballo; pero en la mitad del repelón le detuvo, porque vio abrazados muy estrechamente al duque y a don Juan (que ya había conocido al duque). El duque por cima de los hombros de don Juan miró a Lorenzo y conocióle, de cuyo conocimiento algún tanto se sobresaltó, y así como estaba abrazado preguntó a don Juan si Lorenzo Bentibolli, que allí estaba, venía con él o no. A lo cual don Juan respondió:

—Apartémonos algo de aquí y contaréle a v. excelencia grandes cosas.

Hízolo así el duque, y don Juan le dijo:

—Señor Lorenzo Bentibolli, que allí veis, tiene una queja de vos no pequeña; dice que habrá cuatro noches que le sacastes a su hermana, la señora Cornelia, de casa de una prima suya y que la habéis engañado y deshonrado, y quiere saber de vos qué satisfacción le pensáis hacer para que él vea lo que le conviene. Pidióme que fuese su valedor y medianero; yo se lo ofrecí porque por los barruntos que él me dio de la pendencia, conocí que vos, señor, érades el dueño deste cintillo, que por liberalidad y cortesía vuestra quisistes que fuese mío; y viendo que ninguno podía hacer vuestras partes mejor que yo, como ya he dicho, le ofrecí mi ayuda. Querría yo agora, señor, me dijésedes lo que sabéis acerca deste caso, y si es verdad lo que Lorenzo dice.

—¡Ay amigo! —respondió el duque— es tan verdad que no me atrevería a negarla aunque quisiese. Yo no he engañado, ni sacado a Cornelia, aunque sé que falta de la casa que dice; no la he engañado porque la tengo por mi esposa; no la he sacado porque no sé della. Si públicamente no celebré mis desposorios, fue porque aguardaba que mi madre (que está ya en lo último) pasase désta a mejor vida, que tiene deseo que sea mi esposa la señora Livia, hija del duque de Mantua, y por otros inconvenientes, quizá más eficaces que los dichos y no conviene que ahora se digan. Lo que pasa es que la noche que me socorristes la había de traer a Ferrara, porque estaba ya en el mes de dar a luz la prenda que ordenó el cielo que en ella depositase, o ya fuese por la riña o ya por mi descuido, cuando llegué a su casa hallé que salía della la secretaria de nuestros conciertos. Pregunté le por Cornelia, díjome que ya había salido y que aquella noche había parido un niño el más bello del mundo y que se le había dado a un Fabio mi criado.

La doncella es aquella que allí viene; el Fabio está aquí, y el niño y Cornelia no parecen. Yo he estado estos dos días en Bolonia, esperando y escudriñando oír algunas nuevas de Cornelia, pero no he sentido nada.

—De modo, señor —dijo don Juan—, cuando Cornelia y vuestro hijo pareciesen, ¿no negaréis ser vuestra esposa, y él vuestro hijo?

—No por cierto, porque aunque me precio de caballero, más me precio de christiano; y más, que Cornelia es tal, que merece ser señora de un reino. Pareciese ella, y viva o muera mi madre, que el mundo sabrá que si supe ser amante supe la fe que di en secreto, guardarla en público.

—Luego ¿bien diréis —dijo don Juan— lo que a mí me habéis dicho a vuestro hermano el señor Lorenzo?

—Antes me pesa —respondió el duque— de que tarde tanto en saberlo.

Al instante hizo don Juan de señas a Lorenzo, que se apease y viniese donde ellos estaban, como lo hizo, bien ajeno de pensar la buena nueva que le esperaba. Adelantóse el duque a recibirle con los brazos abiertos y la primera palabra que le dijo fue llamarle hermano. Apenas supo Lorenzo responder a salutación tan amorosa, ni a tan cortés recibimiento; y estando así suspenso, antes que hablase palabra, don Juan le dijo:

—El duque (señor Lorenzo) confiesa la conversación secreta que ha tenido con vuestra hermana la señora Cornelia. Confiesa, asimismo, que es su legítima esposa y que como le dice aquí lo dirá públicamente cuando se ofreciere. Concede, asimismo, que fue cuatro noches a sacarla de casa de su prima para traerla a Ferrara y aguardar coyuntura de celebrar sus bodas, que las ha dilatado por justísimas causas, que me ha dicho. Dice asimismo la pendencia que con vos tuvo y que cuando fue por Cornelia, encontró con Sulpicia su doncella, que es aquella mujer que allí viene, de quien supo que Cornelia no había una hora que había parido y que ella dio la criatura a un criado del duque, y que luego Cornelia creyendo que estaba allí el duque había salido de casa medrosa porque imaginaba que ya vos señor Lorenzo sabíades sus tratos. Sulpicia no dio el niño al criado del duque, sino a otro en su cambio. Cornelia no parece, él se culpa de todo, y dice que cada y cuando que la señora Cornelia aparezca, la recibirá como a su verdadera esposa. Mirad, señor Lorenzo, si hay más que decir, ni más que desear, si no es el hallazgo de las dos tan ricas como desgraciadas prendas.

A esto respondió el señor Lorenzo (arrojándose a los pies del duque, que porfiaba por levantarlo):

—De vuestra christiandad y grandeza, serenísimo señor y hermano mío, no podíamos mi hermana y yo esperar menor bien del que a entrambos nos hacéis; a ella en igualarla con vos y a mí en ponerme en el número de vuestro.

Ya en esto se le arrasaban los ojos de lágrimas, y al duque lo mismo, enternecidos; el uno con la pérdida de su esposa y el otro con el hallazgo de tan buen cuñado. Pero consideraron que parecía flaqueza dar muestras con lágrimas de tanto sentimiento, las reprimieron y volvieron a encerrar en los ojos; y los de don Juan alegres, casi les pedía las albricias de haber parecido Cornelia y su hijo, pues los dejaba en su misma casa. En esto estaban cuando se descubrió don Antonio de Isunza, que fue conocido de don Juan en el cuartago desde algo lejos; pero cuando llegó cerca, se paró y vio los caballos de don Juan y de Lorenzo que los mozos tenían de diestro, y acullá desviados conoció a don Juan y a Lorenzo; pero no al duque, y no sabía qué hacerse si llegaría o no adonde don Juan estaba. Llegándose a los criados del duque les preguntó si conocían a aquel caballero que con los otros dos estaba (señalando al duque); fuele respondido ser el duque de Ferrara con que quedó más confuso y menos sn saber qué hacerse; pero sacóle de su perplejidad don Juan llamándole por su nombre. Apeóse don Antonio, viendo que todos estaban a pie, y llegóse a ellos; recibióle el duque con mucha cortesía porque don Juan le dijo que era su camarada. Finalmente, don Juan contó a don Antonio todo lo que con el duque le había sucedido hasta que él llegó. Alegróse en extremo don Antonio y dijo a don Juan:

—¿Por qué, señor don Juan, no acabáis de poner la alegría y el contento destos señores en su punto pidiendo las albricias del hallazgo de la señora Cornelia y de su hijo?

—Si vos no llegárades, señor don Antonio, yo las pidiera, pero pedidlas vos, que yo estoy seguro que os las den de muy buena gana.

Como el duque y Lorenzo oyeron tratar del hallazgo de Cornelia y de albricias, preguntaron ¿qué era aquello?

—¿Qué ha de ser? —respondió don Antonio— sino que yo quiero hacer un personaje en esta trágica comedia, y ha de ser el que pide las albricias del hallazgo de la señora Cornelia y de su hijo, que quedan en mi casa.

Y luego les contó punto por punto todo lo que hasta aquí se ha dicho; de lo cual el duque y el señor Lorenzo recibieron tanto placer y gusto, que don Lorenzo se abrazó con don Juan y el duque con don Antonio. El duque prometió todo su estado en albricias, y el señor Lorenzo su hacienda, su vida y su alma.

Llamaron a la doncella que entregó a don Juan la criatura, la cual habiendo conocido a Lorenzo, estaba temblando. Preguntáronle si conocería al hombre a quien había dado el niño, dijo que no sino que ella le había preguntado si era Fabio y él había respondido que sí y con esta buena fe se le había entregado.

—Así es la verdad —respondió don Juan—, y vos, señora, cerrastes la puerta luego, y me dijistes que la pusiese en cobro y diese luego la vuelta.

—Así es señor —respondió la doncella llorando.

Y el duque dijo:

—Ya no son menester lágrimas aquí sino júbilos y fiestas. El caso es que yo no tengo de entrar en Ferrara, sino dar la vuelta luego a Bolonia, porque todos estos contentos son en sombra hasta que los haga verdaderos la vista de Cornelia.

Y sin más decir, de común consentimiento, dieron la vuelta a Bolonia. Adelantóse don Antonio para apercebir a Cornelia, por no sobresaltarla con la improvisa llegada del duque y de su hermano. Pero como no la halló, ni los pajes le supieron decir nuevas della, quedó el más triste y confuso hombre del mundo; y como vio que faltaba el ama, imaginó que por su industria faltaba Cornelia. Los pajes le dijeron que faltó el ama el mismo día que ellos habían faltado y que la Cornelia por quien preguntaba nunca ellos la vieron. Fuera de sí quedó don Antonio con el no pensado caso, temiendo que quizá el duque los tendría por mentirosos o embusteros, o quizá imaginaría otras peores cosas que redundasen en perjuicio de su honra y del buen crédito de Cornelia.

En esta imaginación estaba cuando entraron el duque y don Juan y Lorenzo, que por calles desusadas, y encubiertas, dejando la demás gente fuera de la ciudad. Llegaron a la casa de don Juan y hallaron a don Antonio sentado en una silla con la mano en la mejilla y con una color de muerto. Preguntóle don Juan qué mal tenía y adónde estaba Cornelia. Respondió don Antonio:

—¿Qué mal queréis que no tenga? pues Cornelia no parece, que con el ama que le dejamos para su compañía el mismo día que de aquí faltamos faltó ella.

Poco le faltó al duque para expirar y a Lorenzo para desesperarse oyendo tales nuevas. Finalmente, todos quedaron turbados, suspensos e imaginativos. En esto se llegó un paje a don Antonio y al oído le dijo:

—Señor, Santisteban, el paje del señor don Juan desde el día que vuesas mercedes se fueron tiene una mujer muy bonita encerrada en su aposento y yo creo que se llama Cornelia, que así la he oído llamar.

Alborotóse de nuevo don Antonio, y más quisiera que no hubiera parecido Cornelia, que sin duda pensó que era la que el paje tenía escondida, que no que la hallaran en tal lugar. Con todo eso no dijo nada, sino callando se fue al aposento del paje y halló cerrada la puerta y que el paje no estaba en casa. Llegóse a la puerta y dijo con voz baja:

—Abrid, señora Cornelia, y salid a recibir a vuestro hermano y al duque vuestro esposo, que vienen a buscaros.

Respondiéronle de dentro:

—¿Hacen burla de mí? pues en verdad que no soy tan fea ni tan desechada que no podían buscarme duques y condes, y eso se merece la presona que trata con pajes.

Por las cuales palabras entendió don Antonio que no era Cornelia la que respondía. Estando en esto vino Santisteban el paje y acudió luego a su aposento, y hallando allí a don Antonio que pedía que le trujesen las llaves que había en casa, por ver si alguna hacía a la puerta. El paje, hincado de rodillas y con la llave en la mano, le dijo:

—El ausencia de vuesas mercedes, y mi bellaquería por mejor decir, me hizo traer una mujer estas tres noches a estar conmigo; suplico a vuesa merced, señor don Antonio de Isunza, así oiga buenas nuevas de España, que si no lo sabe mi señor don Juan de Gamboa que no se lo diga, que yo la echaré al momento.

—Y ¿cómo se llama la tal mujer? —preguntó don Antonio.

—Llámase Cornelia —respondió el paje.

El paje, que había descubierto la celada, que no era muy amigo de Santisteban, ni se sabe si simplemente o con malicia, bajó donde estaban el duque, don Juan y Lorenzo diciendo:

—¡Tómame el paje! por Dios, que le han hecho gormar a la señora Cornelia; escondidita la tenía; a buen seguro, que no quisiera él que hubieran venido los señores, para alargar más el gaudeamus tres o cuatro días más.

Oyó esto Lorenzo y preguntóle:

—¿Qué es lo que decís gentilhombre? ¿dónde está Cornelia?

—Arriba —respondió el paje.

Apenas oyó esto el duque, cuando como un rayo subió la escalera arriba a ver a Cornelia, que imaginó que había parecido, y dio luego con el aposento donde estaba don Antonio, y entrando dijo:

—¿Dónde está Cornelia? ¿dónde está la vida de la vida mía?

—Aquí está Cornelia —respondió una mujer que estaba envuelta en una sábana de la cama y cubierto el rostro, y prosiguió diciendo—: ¡Válamos Dios! ¿es éste algún buey de hurto? ¿es cosa nueva dormir una mujer con un paje, para hacer tantos milagrones?

Lorenzo, que estaba presente, con despecho y cólera tiró de un cabo de la sábana y descubrió una mujer moza y no de mal parecer, la cual de vergüenza se puso las manos delante del rostro y acudió a tomar sus vestidos que le servían de almohada, porque la cama no la tenía, y en ellos vieron que debía de ser alguna pícara de las pedidas del mundo. Preguntóle el duque que si era verdad que se llamaba Cornelia; respondió que sí y que tenía muy honrados parientes en la ciudad y que nadie dijese desta agua no beberé.

Quedó tan corrido el duque que casi estuvo por pensar si hacían los españoles burla dél; pero por no dar lugar a tan mala sospecha, volvió las espaldas y sin hablar palabra, siguiéndole Lorenzo, subieron en sus caballos y se fueron, dejando a don Juan y a don Antonio harto más corridos que ellos iban y determinaron de hacer las diligencias posibles, y aun imposibles, en buscar a Cornelia y satisfacer al duque de su verdad y buen deseo. Despidieron a Santisteban por atrevido y echaron a la pícara Cornelia, y en aquel punto se les vino a la memoria que se les había olvidado de decir al duque las joyas del agnus y la cruz de diamantes que Cornelia les había ofrecido, pues con estas señas creería que Cornelia había estado en su poder, y que si faltaba, no había estado en su mano.

Salieron a decirle esto, pero no le hallaron en casa de Lorenzo, donde creyeron que estaría; a Lorenzo sí, el cual les dijo que sin detenerse un punto se había vuelto a Ferrara, dejándole orden de buscar a su hermana. Dijéronle lo que iban a decirle pero Lorenzo les dijo que el duque iba muy satisfecho de su buen proceder y que entrambos habían echado la falta de Cornelia a su mucho miedo, y que Dios sería servido de que apareciese, pues no había de haber tragado la tierra al niño y al ama y a ella. Con esto se consolaron todos y no quisieron hacer la inquisición de buscalla por bandos públicos, sino por diligencias secretas, pues de nadie, sino de su prima se sabía su falta; y entre los que no sabían la intención del duque correría riesgo el crédito de su hermana, si la pregonasen, y sería gran trabajo andar satisfaciendo a cada uno de las sospechas que una vehemente presumpción les infunde.

Siguió su viaje el duque, y la buena suerte que iba disponiendo su ventura hizo que llegase a la aldea del cura donde ya estaba Cornelia, el niño y su ama, y la consejera; y ellas le habían dado cuenta de su vida, y pedídole consejo de lo que harían. Era el cura grande amigo del duque, en cuya casa acomodada a lo clérigo rico y curioso solía el duque venirse desde Ferrara muchas veces y desde allí salía a caza, porque gustaba mucho así de la curiosidad del cura como de su donaire, que le tenía en cuanto decía y hacía. No se alborotó por ver al duque en su casa porque como se ha dicho no era la vez primera; pero descontentóle verle venir triste porque luego echó de ver que con alguna pasión traía ocupado el ánimo.

Entreoyó Cornelia que el duque de Ferrara estaba allí y turbóse en extremo por no saber con qué intención venía, torcíase las manos y andaba de una parte a otra como persona fuera de sentido. Quisiera hablar Cornelia al cura, pero estaba entreteniendo al duque y no tenía lugar de hablarle. El duque le dijo:

—Yo vengo, padre mío, tristísimo y no quiero hoy entrar en Ferrara, sino ser vuestro huésped; decid a los que vienen conmigo que pasen a Ferrara y que solo se quede Fabio.

Hízolo así el buen cura, y luego fue a dar orden como regalar y servir al duque, y con esta ocasión le pudo hablar Cornelia, la cual tomándole de las manos, le dijo:

—Ay, padre y señor mío, y ¿qué es lo que quiere el duque? Por amor de Dios, señor, que le dé algún toque en mi negocio y procure descubrir, y tomar algún indicio de su intención, en efecto guíelo como mejor le pareciere, y su mucha discreción le aconsejare.

A esto le respondió el cura:

—El duque viene triste, hasta agora no me ha dicho la causa. Lo que se ha de hacer es que luego se aderece ese niño muy bien, y ponedle señora las joyas todas que tuviéredes, principalmente las que os hubiere dado el duque, y dejadme hacer, que yo espero en el cielo que hemos de tener hoy un buen día.

Abrazóle Cornelia y besóle la mano, y retiróse a aderezar y componer el niño. El cura salió a entretener al duque en tanto que se hacía hora de comer, y en el discurso de su plática preguntó el cura al duque si era posible saberse la causa de su melancolía porque sin duda de una legua se echaba de ver que estaba triste.

—Padre —respondió el duque— claro está que las tristezas del corazón salen al rostro; en los ojos se lee la relación de lo que está en el alma, y lo que peor es que por ahora no puedo comunicar mi tristeza con nadie.

—Pues en verdad, señor —respondió el cura—, que si estuviérades para ver cosas de gusto, que os enseñara yo una que tengo para mí que os le causara, y grande.

—Simple sería —respondió el duque— aquel que ofreciéndole el alivio de su mal, no quisiese recibirle. Por vida mía, padre, que me mostréis eso que decís que debe de ser alguna de vuestras curiosidades que para mí son todas de grandísimo gusto.

Levantóse el cura y fue donde estaba Cornelia, que ya tenía adornado a su hijo, y puéstole las ricas joyas de la cruz, y del agnus, con otras tres piezas preciosísimas, todas dadas del duque a Cornelia, y tomando al niño entre sus brazos, salió adonde el duque estaba, y diciéndole que se levantase y se llegase a la claridad de una ventana. Quitó al niño de sus brazos, y le puso en los del duque, el cual, cuando miró y reconoció las joyas y vio que eran las mismas que él había dado a Cornelia, quedó atónito y mirando ahincadamente al niño, le pareció que miraba su mismo retrato. Y lleno de admiración preguntó al cura cúya era aquella criatura, que en su adorno y aderezo parecía hijo de algún príncipe.

—No sé —respondió el cura—; solo sé que habrá no sé cuántas noches que aquí me le trujo un caballero de Bolonia, y me encargó mirase por él y le criase, que era hijo de un valeroso padre y de una principal y hermosísima madre. También vino con el caballero una mujer para dar leche al niño a quien he yo preguntado si sabe algo de los padres desta criatura y responde que no sabe palabra; y en verdad que si la madre es tan hermosa como el ama, que debe de ser la más hermosa mujer de Italia.

—¿No la veríamos? —preguntó el duque.

—Sí por cierto —respondió el cura— veníos, señor, conmigo; que si os suspende el adorno y la belleza desa criatura, como creo que os ha suspendido, el mismo efecto entiendo que ha de hacer la vista de su ama.

Quísole tomar la criatura el cura al duque, pero él no la quiso dejar, antes la apretó en sus brazos y le dio muchos besos. Adelantóse el cura un poco y dijo a Cornelia que saliese sin turbación alguna a recibir al duque. Hízolo así Cornelia y con el sobresalto le salieron tales colores al rostro que sobre el modo mortal la hermosearon. Pasmóse el duque cuando la vio, y ella arrojándose a sus pies se los quiso besar. El duque, sin hablar palabra, dio el niño al cura y volviendo las espaldas se salió con gran priesa del aposento; lo cual visto por Cornelia, volviéndose al cura dijo

—Ay, señor mío, ¿si se ha espantado el duque de verme? ¿si me tiene aborrecida? ¿si le he parecido fea? ¿si se le han olvidado las obligaciones que me tiene? ¿No me hablará siquiera una palabra? ¿Tanto le cansaba ya su hijo, que así le arrojó de sus brazos?

A todo lo cual no respondía palabra el cura, admirado de la huida del duque, que a sí le pareció que fuese huida, antes que otra cosa. Y no fue sino que salió a llamar a Fabio y decirle:

—Corre, Fabio amigo, y a toda diligencia vuelve a Bolonia y di que al momento Lorenzo Bentibolli y los dos caballeros españoles, don Juan de Gamboa y don Antonio de Isunza, sin poner excusa alguna vengan luego a esta aldea. ¡Mira, amigo, que vueles y no te vengas sin ellos! que me importa la vida el verlos.

No fue perezoso Fabio, que luego puso en efecto el mandamiento de su señor. El duque volvió luego adonde Cornelia estaba derramando hermosas lágrimas. Cogióla el duque en sus brazos, y añadiendo lágrimas a lágrimas, mil veces le bebió el aliento de la boca, teniéndoles el contento atadas las lenguas. Y así en silencio honesto y amoroso se gozaban los dos felices amantes y esposos verdaderos.

El ama del niño y la Cribela, por lo menos como ella decía, que por entre las puertas de otro aposento habían estado mirando lo que entre el duque y Cornelia pasaba, de gozo se daban de calabazadas por las paredes, que no parecía sino que habían perdido el juicio. El cura daba mil besos al niño que tenía en sus brazos, y con la mano derecha, que desocupó, no se hartaba de echar bendiciones a los dos abrazados señores.

El ama del cura, que no se había hallado presente al grave caso por estar ocupada aderezando la comida, cuando la tuvo en su punto, entró a llamarlos, que se sentasen a la mesa. Esto apartó los estrechos abrazos, y el duque desembarazó al cura del niño y le tomó en sus brazos, y en ellos le tuvo todo el tiempo que duró la limpia y bien sazonada, más que sumptuosa, comida; y en tanto que comían dio cuenta Cornelia de todo lo que había sucedido, hasta venir a aquella casa por consejo de la ama de los dos caballeros españoles, que la habían servido, amparado y guardado con el más honesto y puntual decoro que pudiera imaginarse. El duque le contó asimismo a ella todo lo que por él había pasado hasta aquel punto.

Halláronse presentes las dos amas, y hallaron en el duque grandes ofrecimientos y promesas. En todos se renovó el gusto con el felice fin del suceso, y solo esperaban a colmarle y a ponerle en estado mejor que acertara a desearse con la venida de Lorenzo, de don Juan y don Antonio, los cuales de allí a tres días vinieron desalados y deseosos, por saber si alguna nueva sabía el duque de Cornelia, que Fabio que los fue a llamar no les pudo decir ninguna cosa de su hallazgo, pues no la sabía.

Saliólos a recibir el duque una sala antes de donde estaba Cornelia, y esto sin muestras de contento alguno, de que los recién venidos se entristecieron. Hízolos sentar el duque, y él se sentó con ellos, y encaminando su plática a Lorenzo, le dijo:

—Bien sabéis, señor Lorenzo Bentibolli, que yo jamás engañé a vuestra hermana, de lo que es buen testigo el cielo y mi conciencia. Sabéis, asimismo, la diligencia con que la he buscado y el deseo que he tenido de hallarla para casarme con ella como se lo tengo prometido. Ella no parece, y mi palabra no ha de ser eterna. Yo soy mozo, y no tan experto en las cosas del mundo que no me deje llevar de las que me ofrece el deleite a cada paso. La misma afición que me hizo prometer ser esposo de Cornelia, me llevó también a dar antes que a ella palabra de matrimonio a una labradora desta aldea, a quien pensaba dejar burlada por acudir al valor de Cornelia, aunque no acudiera a lo que a conciencia me pedía, que no fuera pequeña muestra de amor. Pero pues nadie se casa con mujer que no parece, ni es cosa puesta en razón, que nadie busque la mujer que le deja, por no hallar la prenda que le aborrece. Digo que veáis, señor Lorenzo, que satisfacción puedo daros del agravio que no os hice, pues jamás tuve intención de hacérosle, y luego quiero que me deis licencia para cumplir mi primera palabra y desposarme con la labradora, que ya está dentro desta casa.

En tanto que el duque esto decía, el rostro de Lorenzo se iba mudando de mil colores y no acertaba a estar sentado de una manera en la silla, señales claras que la cólera le iba tomando posesión de todos sus sentidos. Lo mismo pasaba por don Juan y por don Antonio, que luego propusieron de no dejar salir al duque con su intención aunque le quitasen la vida. Leyendo, pues, el duque en sus rostros sus intenciones dijo:

—Sosegaos, señor Lorenzo, que antes que me respondáis palabra, quiero que la hermosura que veréis en la que quiero recibir por mi esposa, os obligue a darme la licencia que os pido, porque es tal, y tan extremada, que de mayores yerros será disculpa.

Esto dicho, se levantó, y entró donde Cornelia estaba riquísimamente adornada, con todas las joyas que el niño tenía y muchas más. Cuando el duque volvió las espaldas, se levantó don Juan, y puestas ambas manos en los dos brazos de la silla donde estaba sentado Lorenzo, al oído le dijo:

—¡Por Santiago de Galicia, señor Lorenzo, y por la fe de christiano y de caballero que tengo! que así deje yo salir con su intención al duque como volverme moro; aquí, aquí, y en mis manos ha de dejar la vida o ha de cumplir la palabra que a la señora Cornelia vuestra hermana tiene dada, o alomenos nos ha de dar tiempo de buscarla, y hasta que de cierto se sepa que es muerta él no ha de casarse.

—Yo estoy dese parecer mismo —respondió Lorenzo.

—Pues del mismo estará mi camarada don Antonio —replicó don Juan.

En esto, entró por la sala adelante Cornelia en medio del cura y del duque, que la traía de la mano, detrás de los cuales venían Sulpicia la doncella de Cornelia, que el duque había enviado por ella a Ferrara y las dos amas del niño, y la de los caballeros. Cuando Lorenzo vio a su hermana y la acabó de refigurar y conocer, que al principio la imposibilidad a su parecer de tal suceso no le dejaba enterar en la verdad, tropezando en sus mismos pies fue a arrojarse a los del duque, que le levantó y le puso en los brazos de su hermana; quiero decir, que su hermana le abrazó con las muestras de alegría posibles.

Don Juan y don Antonio dijeron al duque que había sido la más discreta y más sabrosa burla del mundo. El duque tomó al niño, que Sulpicia traía, y dándosele a Lorenzo le dijo:

—Recibid, señor hermano, a vuestro sobrino y mi hijo, y ved si queréis darme licencia que me case con esta labradora, que es la primera a quien he dado palabra de casamiento.

Sería nunca acabar contar lo que respondió Lorenzo, lo que preguntó don Juan, lo que sintió don Antonio, el regocijo del cura, la alegría de Sulpicia, el contento de la consejera, el júbilo del ama, la admiración de Fabio y, finalmente, el general contento de todos. Luego el cura los desposó, siendo su padrino don Juan de Gamboa y entre todos se dio traza que aquellos desposorios estuviesen secretos hasta ver en qué paraba la enfermedad que tenía muy al cabo a la duquesa su madre, y que en tanto la señora Cornelia se volviese a Bolonia con su hermano.

Todo se hizo así; la duquesa murió, Cornelia entró en Ferrara alegrando al mundo con su vista; los lutos se volvieron en galas; las amas quedaron ricas, Sulpicia por mujer de Fabio, don Antonio y don Juan contentísimos de haber servido en algo al duque, el cual les ofreció dos primas suyas por mujeres, con riquísima dote. Ellos dijeron que los caballeros de la nación vizcaína por la mayor parte se casaban en su patria, y que no por menosprecio, pues no era posible, sino por cumplir su loable costumbre y a voluntad de sus padres, que ya los debían de tener casados, no aceptaban tan ilustre ofrecimiento. El duque admitió su disculpa y por modos honestos y honrosos, y buscando ocasiones lícitas les envió muchos presentes a Bolonia, y algunos tan ricos, y enviados a tan buena sazón y coyuntura, que aunque pudieran no admitirse por no parecer que recibían paga, el tiempo en que llegaban lo facilitaba todo; especialmente los que les envió al tiempo de su partida para España y los que les dio cuando fueron a Ferrara a despedirse dél, ya hallaron a Cornelia con otras dos criaturas hembras y al duque más enamorado que nunca. La duquesa dio la cruz de diamantes a don Juan, y el agnus a don Antonio, que sin ser poderosos a hacer otra cosa, las recibieron.

Llegaron a España, y a su tierra, adonde se casaron con ricas, principales y hermosas mujeres, y siempre tuvieron correspondencia con el duque y la duquesa, y con el señor Lorenzo Bentibolli, con grandísimo gusto de todos.

Libros a la carta

A la carta es un servicio especializado para

empresas,

librerías,

bibliotecas,

editoriales

y centros de enseñanza;

y permite confeccionar libros que, por su formato y concepción, sirven a los propósitos más específicos de estas instituciones.

Las empresas nos encargan ediciones personalizadas para marketing editorial o para regalos institucionales. Y los interesados solicitan, a título personal, ediciones antiguas o no disponibles en el mercado; y las acompañan con notas y comentarios críticos.

Las ediciones tienen como apoyo un libro de estilo con todo tipo de referencias sobre los criterios de tratamiento tipográfico aplicados a nuestros libros que puede ser consultado en Linkgua-ediciones.com.

Linkgua edita por encargo diferentes versiones de una misma obra con distintos tratamientos ortotipográficos (actualizaciones de carácter divulgativo de un clásico, o versiones estrictamente fieles a la edición original de referencia).

Este servicio de ediciones a la carta le permitirá, si usted se dedica a la enseñanza, tener una forma de hacer pública su interpretación de un texto y, sobre una versión digitalizada «base», usted podrá introducir interpretaciones del texto fuente. Es un tópico que los profesores denuncien en clase los desmanes de una edición, o vayan comentando errores de interpretación de un texto y esta es una solución útil a esa necesidad del mundo académico.

Asimismo publicamos de manera sistemática, en un mismo catálogo, tesis doctorales y actas de congresos académicos, que son distribuidas a través de nuestra Web.

El servicio de «libros a la carta» funciona de dos formas.

1. Tenemos un fondo de libros digitalizados que usted puede personalizar en tiradas de al menos cinco ejemplares. Estas personalizaciones pueden ser de todo tipo: añadir notas de clase para uso de un grupo de

estudiantes, introducir logos corporativos para uso con fines de marketing empresarial, etc. etc.

2. Buscamos libros descatalogados de otras editoriales y los reeditamos en tiradas cortas a petición de un cliente.

www.ingramcontent.com/pod-product-compliance
Lightning Source LLC
Chambersburg PA
CBHW020812130626
46554CB00006B/2393